Tato kniha patří:

Dobrodružství medvídka Paddingtona

Čtyři roční období

EGMONT

Z anglického originálu přeložila Nela Holková
Vydalo nakladatelství Egmont v Praze roku 2024 ve společnosti Albatros Media a. s.
se sídlem 5. května 22, Praha 4
Číslo publikace 43 800
Odpovědná redaktorka Eva Zvárová
Technická redaktorka Barbora Pokorná
Sazbu zhotovilo Art D – Grafický ateliér Černý, s. r. o.
Vytisklo TISK CENTRUM s.r.o., Moravany u Brna
První vydání.
ISBN 978-80-252-5760-9
Pro děti od 3 let

www.egmont.cz
e-shop: www.albatrosmedia.cz

Cena uvedená výrobcem představuje
nezávaznou doporučenou spotřebitelskou cenu.

EGMONT

Dobrodružství medvídka
Paddingtona™

Jarní překvapení

Milá teto Lucy,

jaro je velmi speciální
roční období!

Dole na městské farmě
se chystá něco vskutku
jarního...

Paddington byl na městské farmě s Jonathanem, Judy a Simi.
Pozorovali tři **vajíčka** a čekali, až se stane něco neuvěřitelného.

„Zajímalo by mě, kde je Orla, jejich maminka kvočna,"
zašeptal Paddington.

„Orla je u zvěrolékaře," řekl
Baaz, majitel farmy. „Mohli
byste dát na **vejce** pozor, než
pro ni dojedu? Vylíhnou se
z nich co nevidět kuřátka."

„Na nás se **můžete**
spolehnout, Baazi!" slíbil
Paddington.

Baaz postavil nad vajíčka lampu, aby je držel v teple, a vyrazil k veterináři.

„Každý by si mohl **vybrat své vajíčko** a na to bude dávat pozor," navrhla Judy.

Jonathan zvedl největší vajíčko. Judy si vybrala to s kropenatou skořápkou. A na Paddingtona zbylo to nejsvětlejší vajíčko.

„A teď už zbývá jen čekat, až se vylíhnou," pronesl Jonathan.

KŘŘŘŘUUUUUUP!

„Och!" vydechli všichni úžasem, když se Jonathanovo vajíčko
s křupnutím otevřelo.

Zpod kloboučku ze skořápky se na ně brzy dívalo malinké, heboučké kuřátko a hopkalo k Jonathanovi.

PÍP! PÍP!

„Vítej na světě," pozdravil ho Paddington něžně.

„Budu na tebe dávat pozor," řekl Jonathan a vzal kuřátko do dlaní.

KKKŘŘŘŘUUUP!

„Jů, i moje kuřátko už se klube!"
radovala se Judy, když začalo praskat i její
vajíčko.

Druhé heboučké kuřátko vykouklo
na svět, ale namísto k Judy se vydalo
k Jonathanovi.

„Haló, já jsem ale tady!" zavolala Judy.

„Tohle malé kuřátko mě má taky rádo,"
pronesl Jonathan a už držel obě kuřátka
opatrně v dlaních.

„Ách," vydechl Paddington. „Jsou tak
roztomilá!"

„Hm," odfrkla si Judy. Nebyla si tím
tak jistá.

PÍP!   PÍP!

„Nepůjdu nikam, dokud se nevylíhneš," pošeptal Paddington svému vajíčku. Naštěstí měl pod kloboukem **záchranný marmeládový sendvič**. Ale protože netušil, jak dlouho bude čekat, rozhodl se ho jíst velmi p o m a l u.

„Nechceš se posadit?" nabídla Simi a podávala mu skládací křeslo.

Najednou kolem nich s hlasitým mečením proběhla Gertruda.

MÉÉÉÉÉÉÉÉÉÉÉÉÉÉÉÉÉÉÉ!

„Ale ne!" vykřikla Simi a rozeběhla se za ní. „Gertrudo! Vrať se!"

Paddington se pokusil zatlačit na jednu stranu křesla. Ta ale vyskočila zpátky! Rozložil jednu stranu, pak druhou… pink! Obě strany se s klapnutím zavřely! „Ach jejej!" vzdychl.

Nakonec rozevřel obě strany a rychle se posadil.

BING!

Ale než si stihl ukousnout další sousto…

… křeslo se znovu složilo a uvěznilo ho jako škeble! Až mu vyskočil sendvič z tlapek!

„Ouha!" vykřikl Paddington.

21

Poté, co Simi vysvobodila Paddingtona z křesla, vydal se malý medvěd zkontrolovat své vajíčko.

Žárovka v lampě ale najednou praskla.

„Ajajaj," strachoval se Paddington. „Musím najít způsob, jak udržet vajíčko v teple…"

Paddington už si chtěl na vajíčko sednout, když ho zahlédla Simi.

„Paddingtone!" vykřikla. „Mohl bys ho rozsednout!"

UF!

Simi navrhla dát místo toho na vajíčko
vlněnou čepičku od tety Lucy.
„To je lepší," radoval se Paddinton.

PÍP!

Na druhé straně farmy si Jonathan užíval hraní s kuřátky. Judy se chtěla připojit… ale kuřátka si jí vůbec nevšímala!

Zato Jonathana následovala všude!

„My tři jsme jako jedna velká šťastná rodina," prohlásil Jonathan.

Judy se cítila osamocená. Přála si, aby našla způsob, jak se kuřátkům také zalíbit. Krátce nato dostala Judy nápad.

Vyrobila si kostým, namalovala si obličej a předstírala, že je kvočna.

„KVOK, KVOK, KVOK!

Já jsem máma kvočna," zpívala Judy a mávala křídly. Kuřátka od ní ale utíkala.

„Ehm… Myslím, že se tě bojí," poznamenal Jonathan. „I já mám trochu strach!"

„Omlouvám se," povzdychla si Judy.

„Jen je mi líto, že tě mají kuřátka raději než mě."

„Možná se snažíš až moc?" napadlo Jonathana.

Judy si dřepla a kuřátka jí vyskočila na křídlo.

Nemohla tomu uvěřit!

Mezitím začal být Paddington z celého čekání na líhnoucí se kuřátko **velmi ospalý.**

„Musím…zůstat…vzhůru…zíííííív," zívl si.

Simi našla Paddingtona v kyblíku vzhůru nohama!

„Jsi v pořádku, Paddingtone?" zeptala se.

„Ne tak úplně," odpověděl. „Ale potřebuji mít nepohodlí, abych zůstal v…"

Ale i tak začal usínat a spadl…

PLÁC!

.…do kolečka plného zbytků jídla.

„Oooooch!"

Ale bylo to k ničemu. Paddington za chvilku
tvrdě usnul. A když se probudil, čekalo na něj
velké překvapení…

„Ale ne!" vylekal se. „Už se vyklubalo!"

Ale kam se kuřátko podělo?

Vtom se Baaz vrátil s Orlou, pravou mámou kvočnou.

„Jsi v pořádku, Paddingtone?" zeptal se.

„Nevím, kam se podělo moje malé kuřátko," přiznal
Paddington smutně.

„Nedělej si starosti," řekla Simi a nadzvedla skořápku,
pod kterou se schovávala malinká želvička. „Podívej!"

Paddington byl zmatený. „To kuřátko se proměnilo…
v malé želvátko?"

„Musel jsem **zaměnit** slepičí vejce se želvím,“ vysvětloval
Baaz. „Jsem to ale popleta! Myslím, že asi vím, kde by kuře
mohlo být…“

Třetí kuřátko bylo u maminky želvy! Jakmile uvidělo mámu kvočnu, hopkalo k ní a ostatním kuřátkům, stejně tak se želvička vydala ke své mamince.

„Ách!" radovali se všichni.

Mláďátka byla zpět u svých maminek a opravdu
stálo za to si na ten okamžik počkat, teto Lucy.
Jaro je tak krásné roční období!

S láskou
Paddington

Dobrodružství medvídka Paddingtona

Letní hry

Milá teto Lucy,

tento týden jsem se naučil,
že nejde o to vyhrát,
ale zúčastnit se. A nebyl
jsem jediný, kdo to
potřeboval zjistit...

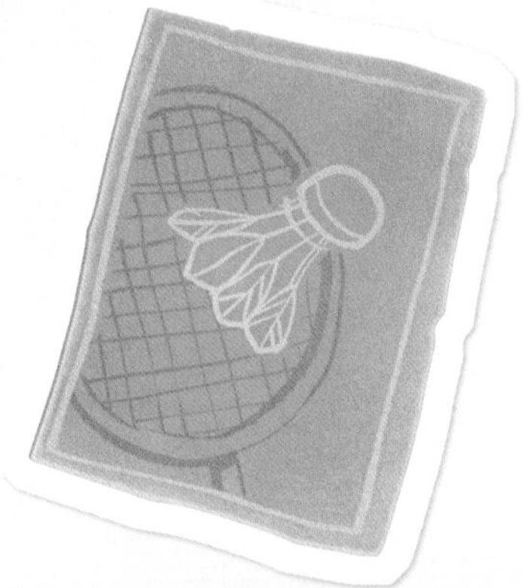

Byl dokonalý letní den a Jonathan právě něco našel…

„Naše krabice s letními hrami!" vykřikla Judy a utíkala se podívat.

„Raději jsme je schovali, protože táta se nechal loni trochu unést," řekl Jonathan Paddingtonovi.

„Opravdu rád vyhrává!" řekla Judy.

Pan Brown se k nim rozběhl.

„To ne," povzdychl si Jonathan.

„Našli jste naše **letní hry**!" radoval se pan Brown. Vzal do ruky píšťalku. „Jako loňský šampion mám právo, abych se stal roz–"

Ale než stihl dokončit větu, vyfoukla mu píšťalku z ruky paní Brownová. „Tentokrát budu rozhodčí já," pronesla, „jen pro jistotu."

PÍÍÍÍSSK!

„Jako první tu máme **vrávorající kužely!**" oznámila. „Dejte si kužel na hlavu, zatočte se třikrát a pak utíkejte ke kůlně. Připravit… pozor…"

PÍÍÍÍSSK!

Všichni se točili dokola,
„Jeden, dva, tři…

UÁÁÁÁÁ!"

Paddington, Jonathan
a Judy se motali a vrávorali,
naráželi jeden do druhého
a smáli se.

Zato pan
Brown upřel zrak
na poslední kužel
závodu a klopýtavě
k němu utíkal.
„Honem! Honem!"
mumlal si pro sebe.

43

„Vítěz! Vítěz! Jsem šampión vrávorajících kuželů!" výskal, když přeběhl cílovou čáru.

Paní Brownová jen zdvihla obočí.

„Dobrá, ehm," zahuhňal pan Brown, „všichni jsme vítězové, protože, ehm, důležité je zúčastnit se."

Motající se Paddington narazil do pana Browna.

„Zúčastnit se je vážně velká zábava!"

45

„Další hra je hod míčkem," řekla paní Brownová.

„Míček nejblíže ke středu kruhu vítězí."

Judy hodila svůj míček směrem ke kruhu.

„Pěkný hod!" vykřikl Jonathan. Pak hodil svůj míček vedle jejího. „Jóóó!"

Paddington zkusil také hodit míček, ale ten přistál za ním.
Zkusil to ještě jednou, ale opět ho upustil.

Nakonec se zatočil a hodil ho dozadu. Míček přistál
přímo uprostřed kruhu… ale znovu se odrazil a zastavil se
vedle ostatních dvou!

Judy to prohlásila za remízu.

„Ha! To se ještě uvidí!" prohlásil pan Brown a poslal svůj míček po zemi tak, aby ostatní odstrčil z cesty. „Ano! Takový krásný hod!"

„Tati," napomenula ho Judy.

„Přestaň se předvádět."

„Vítěz! Vítěz!" provolával pan Brown.

„Běž!" houkla na něj paní Brownová a poslala ho do domku na stromě dát si přestávku.

Následovala lukostřelba. Paní Brownová, Jonathan a Judy namířili své gumové šípy na terč.

PLOP, PLOP, PLOP!

Paddington natáhl svůj luk a…

PLU PLOP!

Šíp vyletěl rovnou k obloze! Pak se otočil zpátky k zemi přímo
do zahrady pana Curryho a tam smetl hrad, který pan Curry stavěl
pro královnu Gnomellu. **PRÁSK!**

„Néééééé!" plakal pan Curry.

Paddington vylezl do domku na stromě za panem Brownem.

„Paní Brownová říká, že můžete jít dolů, pokud si budete hrát hezky," řekl Paddington.

„Ty hry jsou zábavné."

„Ne, ne. Zábava je jedině vyhrávat!" odpověděl pan Brown. „Není hezčí pocit než **vítězství**!"

Paddington si nebyl tak jistý. „Ach, to opravdu nevím, pane Browne."

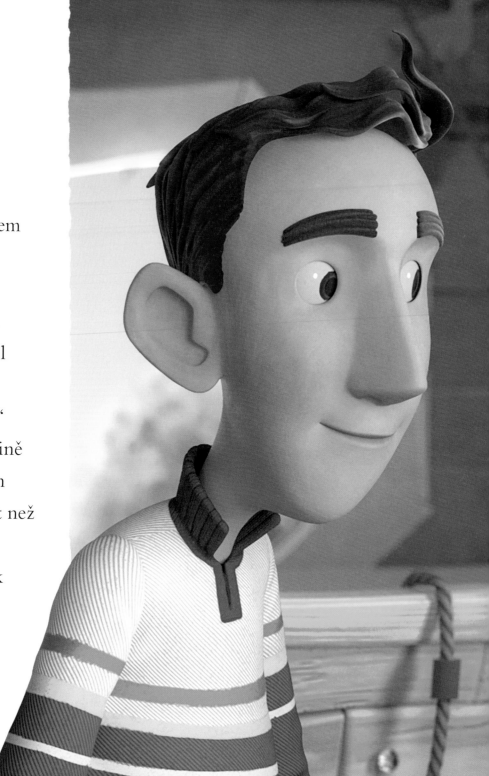

Paní Brownová zatím natáhla na zahradě síť na badminton.

„Dobře, mám teď hodinu malování, chovej se hezky," řekla
a podala panu Brownovi raketu. „Ale ovšem," řekl pan Brown.

Jakmile paní Brownová odešla, vykřikl pan Brown: „Hrajeme!"

Mávnutím raketou poslal Jonathan míček přes síť.

Pan Brown ho vrátil zpět. Byl odhodlaný vyhrát!

SMEČ!
ŠVIH!
SMEČ!
ŠVIH!

Brzy hráli
o poslední bod
hry… Judy vyskočila
a trefila míček přes síť.
Ten vrazil do domku na stromě
a odrazil se zpátky do hřiště.
„Anóóóó!" veselili se
Jonathan a Judy.

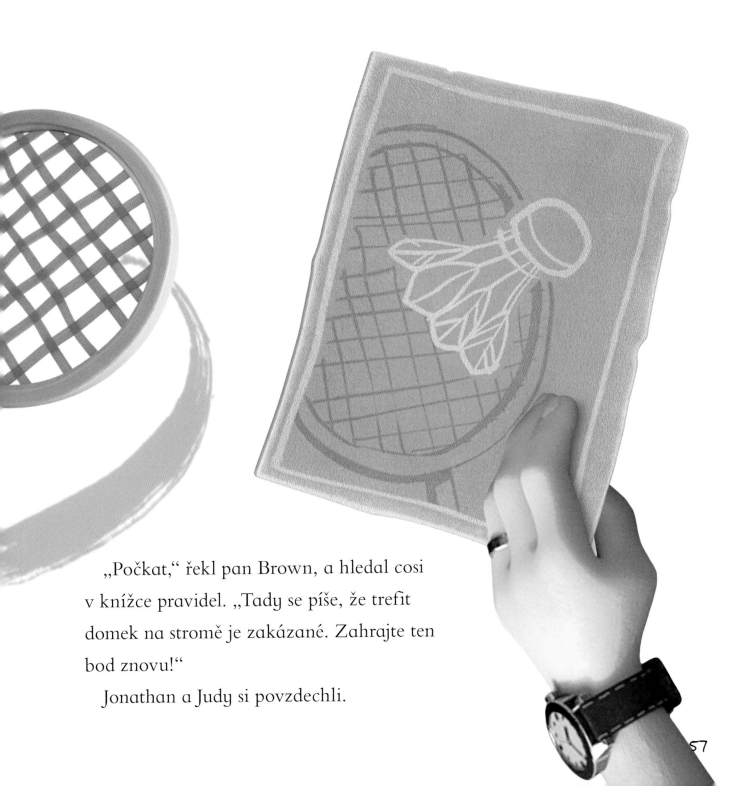

„Počkat," řekl pan Brown, a hledal cosi
v knížce pravidel. „Tady se píše, že trefit
domek na stromě je zakázané. Zahrajte ten
bod znovu!"

Jonathan a Judy si povzdechli.

Judy odpálila míček na Paddingtona, ten ho chtěl trefit, vtom ale pan Brown zakřičel: „Je můj!" Sebral Paddingtonovi raketu a odpálil míček sám, aby zvítězil! Jenže při tom spadl dozadu na plot a tím znovu zbořil hrad pana Curryho...

PRÁSK!

Pan Brown vyskočil a vykřikoval: „Vítěz, vítěz! Jaký to je pocit, Paddingtone?"

„Není moc dobrý, pane Browne," řekl Paddington. Pozoroval, jak Jonathan a Judy smutně odcházejí. „Říkal jste, že není lepší pocit než vyhrát, ale obávám se, že jsem se nikdy necítil hůř."

Pan Curry vtrhl do zahrady. „Pane Browne, doufám, že jste spokojený!" křičel. „Vše, co vaše vítězství dokázalo, je rozesmutnit vaši rodinu, rozbít mi plot a zničit hrad královny Gnomelly!"

„Máte úplnou pravdu," přiznal pan Brown a svěsil hlavu.

„Vítězství ze mě udělalo tak leda… poraženého." Ale pak dostal
nápad… Paddington udělal sendviče, aby Jonathana a Judy rozveselil.

„Omlouvám se, že jsem se nechal unést," řekl pan Brown.

„Můžeme si zahrát ještě poslední hru? Prosím."

„Dobře," souhlasili Jonathan a Judy neochotně.

Venku na ně čekala celá zahrada přestavěná na překážkovou dráhu s díly hradu a kužely.

„Vítejte na královské dráze královny Gnomelly!" zahlaholil pan Curry.

„Platí pouze jedno pravidlo," smál se pan Brown. „Celá hra je jen pro zábavu!"

„Hurá!" radovali se všichni.

Děti a Paddington běhali okolo překážkové dráhy a sbírali části hradu. Při společném stavění si užili si tolik zábavy!

„Hotovo!" jásali všichni, když se jim podařilo znovu postavit hrad.

„Tomu říkám týmová práce!" pochvaloval si pan Brown.

Nakonec jsme si nejvíce zábavy užili jako jeden velký
tým, teto Lucy. A pan Brown se naučil, že vítězství není tak
sladké, když jsou u toho ostatní smutní. Zúčastnit se je ta
nejdůležitější věc.

S láskou

Paddington

Dobrodružství medvídka
Paddingtona™

Podzimní přání

Milá teto Lucy,

tento týden jsem si všiml,
že se strom v naší zahradě
chová nanejvýš podivně...

Paddington stál u okna v kuchyni a pozoroval, jak listí tančí ve větru.

Velký strom v zahradě už nebyl zelený a jeho listí na něm přestávalo… držet.

„Jistě je mu zima," pomyslel si Paddington. *„Třeba mu můžu pomoct."*

K ruce si vzal skleničku marmelády a listí s její pomocí lepil zpátky na větvičky. „Tak!" pronesl a pyšně obdivoval své dílo.

Ale jeho **upatlané tlapky** se **přilepily** k domku, a když zabral, aby se odlepil, zavrávoral dozadu…

„Ááááááá!"

… stačil zakřičet a spadl do veliké hromady listí!

„Paddingtone!" smála se paní Brownová.

„Co to provádíš?"

Paddington vystrčil hlavu z listí. „Ten strom přichází o listy, paní Brownová," odpověděl. „Snažím se je nalepit zpátky, ale zdá se, že většina z nich je … nalepená na mně."

„Nedělej si starosti, Paddingtone," uklidnila ho paní Brownová. „Náš strom shazuje listí každý podzim a pak mu na jaře naroste nové. Když se ti podaří chytit jeden list ještě ve vzduchu, smíš si dokonce **něco přát!**"

„Je pravda, že když chytíte padající list ještě ve vzduchu, smíte si něco přát?" zeptal se Paddington Judy a Jonathana při snídani.

„Ano!" odpověděla Judy. „Děláme to tak každý rok!"

„Páni! To bych moc rád také vyzkoušel," řekl Paddington.

Paddington, Jonathan a Judy se společně vydali do parku chytat padající listí a paní Brownová s paní Birdovou zatím připravovaly na večer podzimní slavnost.

Judy zdvihla prst, aby zjistila, jakým směrem fouká vítr.

„Počkejte…A je to tady!" vykřikla.

Silný poryv větru shodil jasně zbarvené listí z korun stromů…

„Jeden mám!" zavolala Judy a v ruce držela zlatý list. „Budu si přát něco, co se bude líbit nám všem."

„Přeji si nějakou dobrotu!" řekla si v duchu. Pak nechala list pokračovat ve svém podzimním letu.

„Ale ne!" vykřikl Paddington. „Upustila jsi své přání!"

„To je v pořádku," odpověděla Judy. „Přání se ti splní jen tehdy, když si od tebe vezme vítr list zpátky."

„Dobré ráno!" pozdravila děti Sofia, která šla právě kolem s velkým tácem. „Kdo si dá **kolumbijské čokoládové brownies?**"

Judy zamrkala. „**Moje přání!** Splnilo se!" radovala se.

Paddington zalapal po dechu. „Úžasné," řekl. „Opravdu to funguje. Děkuji vám, Sofie!"

Kolem Jonathana zrovna poletoval červený list. Jonathan se vydal za ním, dokonce vyskočil na lavičku, aby ho chytil.

„Budu si přát něco skutečně úžasného!" pronesl, když držel list ve zdvižené ruce.

Zavřel pevně oči. „Přeji si projet se na drakovi!" pomyslel si.

A vtom přímo u lavičky zabrzdil obdivuhodným stylem svůj skateboard Mateo.

„Páni, Mateo! Ten je nový?" zeptal se Jonathan.

„Jo, dostal jsem ho k narozeninám," odpověděl Mateo.
„Chceš se projet?"

Jonathanovi skoro vypadly oči z důlků, když mu Mateo podával skateboard.

„Drak!" vykřikl Jonathan. „Moje přání se vyplnilo! Projedeš se se mnou, Paddingtone?"

„Myslím, že tu ještě chviličku zůstanu, pokud vám to nevadí," odpověděl Paddington.

„Jasně. Uvidíme se večer na podzimní slavnosti! JÚHÚ!" smál se Jonathan, když ujížděl na skateboardu s Judy a Mateem v těsném závěsu.

„Tolik si přeji chytit list," pomyslel si Paddington a díval se vzhůru na nebe. V parku bylo ticho až na

FÚÚÚÚÚ!

fučení větru.

Pomalu, pomaličku se začal snášet další zlatý list.

Vypadalo to, že letí přímo k Paddingtonovi, ale v poslední vteřině ho vítr odfoukl stranou.

Malý medvídek se za ním rozběhl. Proběhl bránou a pokračoval dál ulicí.

Ve stejnou dobu měl pan Gruber hodinu hry na kytaru se slečnou Pottsovou. Jeho malé prstíky sotva zahrály všechny akordy.

„Cvičení dělá mistra!" pronesla slečna Pottsová, která už byla na odchodu. Dovnitř právě vtrhl Paddington a ve dveřích ji pěkně roztočil. „Uvidíme se při- ŠTĚĚĚĚHÉÉÉÉ!"

Paddington přistál na zemi ve chvíli, když pan Gruber chytil jeho zlatý list.

„Dobré ráno,“ pozdravil Paddington. „Jen tady chytám ten lístek.“

„To vidím,“ odpověděl pan Gruber. „A smím si teď něco přát? Báječně!“ Zavřel pevně oči a přál si, aby jeho prsty dosáhly na všechny struny.

„Doufám, že se vaše přání splní, pane Grubere," řekl Paddington.

„Tak rád bych také jeden list chytil, ale nejsem v tom příliš dobrý."

„Mmmh…" zamyslel se pan Gruber. Na moment zmizel za pultem, a když se znovu vynořil, držel v ruce síťku. „Možná pomůže toto?"

„Ach! Děkuji!" volal Paddington a mával sítkou kolem sebe.

SVIST! SVIST!

PRÁSK!

Paddington se rozhlédl po nepořádku kolem. „Moc se omlouvám!" špitl.

Ale pan Gruber se nezlobil ani malinko. Při vší té spoušti spadlo z horní poličky ukulele, přímo do jeho rukou.

„Vůbec se neomlouvej," řekl se širokým úsměvem a brnkal na jeho struny. „Myslím, že jsi mi právě splnil moje přání, Paddingtone. S tímhle nástrojem dokážu zahrát všechny noty!"

„To je báječné, pane Grubere," radoval se Paddington a zamával mu. „Uvidíme se na podzimní slavnosti!"

Zpátky v parku se Paddington pokoušel chytit jiný list.

Ten ale v poslední vteřině vítr opět odfoukl pryč.

„Ach jo," vzdychl a rozeběhl se rychle za dalším lístkem.

Vtom podklouzl na koberci z kaštanů…

„UÁÁÁÁÁÁ!"

„" … a ty ho unášely kolem pana Browna, který se těšil,
jak se zakousne do koblížku…

„Pardon!" volal Paddington, a jak kolem sebe mával síťkou,
podařilo se mu vyrazit koblížek panu Brownovi z ruky.

Jenomže na
koblížek si dělalo
také zálusk hejno
hladových holubů.
Zvedli Paddingtona za
síťku vysoko do vzduchu!
Paddington se svalil
na zem. A síťka pořád zela
prázdnotou!

Nezbývalo už nic jiného, než
držet tlapky otevřené a čekat, až
k němu list doletí sám.

O chvíli později, po malém šlofíčku, Paddingtonův plán konečně zafungoval!

„Mám ho!" křičel a běžel za všemi na podzimní slavnost. „Chytil jsem list!"

„Dobrá práce, Paddingtone," smála se paní Brownová. „Co si budeš přát? Můžeš si přát, cokoli chceš."

„Cokoli…?" ujistil se Paddington. Svíral pevně list a díval se dokola na své přátele. „Já… nemyslím si, že potřebuji přání, paní Brownová. Mám **všechno**, co jsem si kdy mohl přát, přímo tady."

„Ach, Paddingtone, ty jsi opravdu velmi vzácný druh medvěda," odpověděla paní Brownová. A pevně medvídka objala. V tu chvíli spustil na temně modré obloze hlasité **BUM!** a **VŽUUM!** podzimní ohňostroj.

Dnešní noc byla nezapomenutelná a nedokážu si představit, že by mohla být ještě lepší. Proto jsem se rozhodl ti své přání darovat, teto Lucy. Doufám, že se ti splní!

S láskou

Paddington

Dobrodružství medvídka

Paddingtona™

První sníh

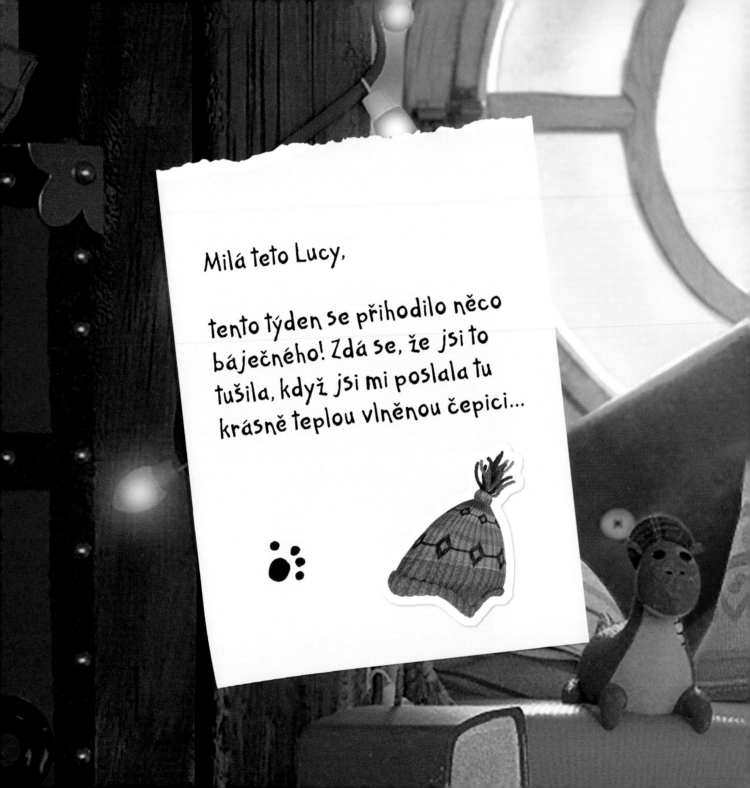

Milá teto Lucy,

tento týden se přihodilo něco báječného! Zdá se, že jsi to tušila, když jsi mi poslala tu krásně teplou vlněnou čepici...

„Když kapitán Scott dosáhl jižního pólu, dal se hlubokým sněhem
na nebezpečnou cestu zpátky domů…" četla Judy nahlas.

„Nepotkal tam yettiho?" ptal se Jonathan.

„Jistě že ne," odpověděla Judy. „Ti totiž neexistují!"

„Co je to yetti?" chtěl vědět Paddington.

„Je to **velká příšera**, která žije ve sněhu," vrčel Jonathan a předváděl yettiho. „**S velkými silnými drápy** a nohama velkýma jako…" Paddington začal od Jonathana nervózně couvat až…

… se svalil na zem a spadla mu i jeho nová vlněná čepice.

„Má opravdu velké nohy?" pípl Paddington.

„Jasně!" křikl Jonathan.

"UÁÁÁÁÁÁÁ!"

ŽUCH!

Vtom zaslechli paní Brownovou, jak je volá dovnitř.

„Už jdeme!" odpověděla jí Judy a šplhala

za bratrem ze stromového domku. Paddington za nimi

tolik spěchal, až zapomněl na novou čepici!

Uvnitř se paní Brownová pustila do vyklízení.

„Tohle přece nevyhodíš!" prohlásil pan Brown a tiskl k sobě své staré sněžnice.

„Můžeš si je nechat, když slíbíš, že je budeš používat," řekla paní Brownová.

„To budu," rychle ji ujistil pan Brown.

Dalšího rána se Paddington probudil celý nervózní.

„Zapomněl jsem svou čepici od tety Lucy v domku na stromě," řekl paní Brownové.

„Můžeš si pro ni dojít po snídani," řekla. „Jen se nelekni, dnes ráno vypadá zahrada trochu jinak…"

„PÁNI!"

zalapal po dechu Paddington, když se podíval ven z okna
na ten nádherný zimní obrázek. Nikdy předtím sníh neviděl.
„Vypadá to, že někdo natřel celou zahradu nabílo!"

Po snídani řekla paní Brownová
Jonathanovi a Judy, že je Paddington oba
potřebuje na záchranu zapomenuté čepice.
„Jsme připraveni a těšíme se na sněžné
dobrodružství!" řekl Jonathan a zasalutoval.
„Úplně jako kapitán Scott!" dodala Judy.

Kapitánka Judy, Jonathan a Paddington se brodili těžkou sněhovou peřinou k domku na stromě. Jejich cíl: zachránit Paddingtonovu milovanou čepici!

„Tamhle je!" vykřikl Paddington.

Nahoře v domku chtěl Paddington zvednout čepici, když…

PÍP, PÍP, PÍP! … s ní odletěla malá červenka!

„Honem! Za čepicí!" zvolal Paddington a vyběhl za červenkou z domku a na k l u z k ý chodník.

„UÁÁÁÁÁÁÁ!"

PLÁC!

Naštěstí Judy našla tu správnou pomůcku –
sáňky! Naskočili na ně a svištěli po namrzlém
chodníku za malým ptáčkem.

„JUHÚÚÚ!"

A když už už Paddington
čepici skoro měl...

BUM!

… narazily sáňky do lampy a všichni z nich vyletěli na zledovatělou cestu…

Íííííííí!

A klouzali se dál, až k bráně do parku.

„Podívejte se na ty obrovské stopy, jako od yettiho!"
ukazoval na zem Jonathan.

„Yetti ale neexistuje," řekla Judy. „Pojďme. Musíme najít
Paddingtonovu čepici!"

Všichni tedy vběhli do parku a hnali se za ptáčkem, čepicí
a velikými stopami.

Pak v úžasu pozorovali zasněžený park, když najednou Jonathana trefila sněhová koule.

PLESK! „Au!" vykřikl překvapeně.

„Vypadá to, že si Mateo přeje **sněhovou bitvu!**" smála se Judy a schovala se za strom.

„Ha ha!" chichotal se Mateo a znovu zamířil.

Paddington nikdy předtím
sněhovou bitvu nezažil
a vůbec nevěděl, co má
dělat! Zkusil hodit sněhovou
kouli, ale ta se místo toho
kutálela dolů z kopce a byla
větší a větší.

„Ajajaj!" vyděsil se, když
se velikánská koule řítila
přímo na Matea.

Pak v plné rychlosti narazila do stromu, za kterým se Mateo schovával, a toho zasypal sníh z jeho větví…

ŽUCH!

„Jejda! Promiň, Mateo!" volal Paddington.

„Nic se nestalo!" smál se Mateo, když vystrčil hlavu ze sněhu.

Najednou se ozvalo ptačí pípání. **PÍP! PÍP!**

„Podívejte! Tamhle je moje čepice!" zavolal Paddington a ukázal na červenku, která mířila do svého hnízda. Paddington hbitě vyšplhal na strom.

„Nazdárek! Mohl bych prosím
dostat zpátky svou čepici?" zeptal
se Paddington ptáčka.

„Poslala mi ji teta Lucy a moc
pro mě znamená."

V tu chvíli vystrčilo z pod čepice
hlavu pět malých ptáčat.

KUK! KUK! KUK! KUK! KUK!

PÍP! PÍP! PÍP! PÍP! PÍP!

„Ach, to je krása," zašeptal
Paddington.

„Kde máš čepici?" zeptala se Judy, když Paddington slezl dolů.

„Nechal jsem ji tomu ptáčkovi," vysvětloval Paddington a ukazoval nahoru. „Potřebuje ji víc než já. Jeho mláďátka budou v teple."

Najednou se ozval prapodivný zvuk… **KŘUUUUUUUP!**

„Jejda! Co to bylo?" zeptala se Judy.

„Podívejte!" vypískl Jonathan. „Yettiho stopy! Sleduje nás!"

KŘŘŘUUUUUUP!

Schovali se za strom, jenže zvuky byly stále hlasitější a HLASITĚJŠÍ, až najednou…

„Ahoj všichni!" pozdravil pan Brown.

„ÁÁÁÁÁ!" zaječeli všichni naráz.

„TATI?" podivil se Jonathan. „Mysleli jsme si, že jsi yetti!"

Paddington ukázal na obrovské stopy.

„Ach, to ty sněžnice," smál se pan Brown. „Slíbil jsem mamince, že je budu používat. Záhada objasněna. Pojďme všichni domů!"

A tak se stalo, že už tu krásnou čepici od tebe nemám,
teto Lucy. Díky ní ale má domov rodina, která ji opravdu
potřebovala. Říkal jsem si, že ti to nebude vadit.

S láskou

Paddington

P.s. Doufám, že se ti ta sněhová koule bude líbit!